Un nouveau bébé chez Petit Lapin

Harry Horse

Pastel

l'école des loisirs

Pour ma sœur, Kay

© 2007, *l'école des loisirs*, Paris,
pour l'édition en langue française.
© 2006, Harry Horse
pour le texte et les illustrations.
Édition originale : "Little Rabbit's Baby",
Puffin Books, Londres, 2006 .
Texte français de Claude Lager

Loi 49 956 du 16 juillet 1949,
sur les publications destinées à la jeunesse.
Dépôt légal : mars 2007
ISBN 978-2-211-08580-9

Typographie française : *Architexte*, Bruxelles
Imprimé et relié en Chine

Petit Lapin est tout excité. Sa maman attend un bébé.
«Dépêche-toi, Bébé Lapin ! dit Petit Lapin, sors vite
du ventre de Maman et viens jouer avec moi !

Je vais t'apprendre des tas de jeux amusants.
Je vais te montrer comment on fait des bonds…

Tu sais, Bonne-Maman, tous les bébés aiment faire des bonds ! »
Bonne-Maman lui dit qu'il sera le meilleur grand frère du monde.
Petit Lapin est très content.

Aujourd'hui, Papa emmène Petit Lapin à l'hôpital où Maman a accouché. Il va enfin voir le nouveau bébé ! Il saute de joie pendant tout le trajet.

L'hôpital est immense. Il y a des bébés partout,
mais il n'y en a qu'un que Petit Lapin veut voir.

«Maman! crie Petit Lapin, où il est mon bébé?»

Mais il n'y a pas un bébé. Il y a trois bébés ! Papa est tellement surpris qu'il doit s'asseoir. L'infirmière lui apporte une tasse de thé.

Pour rentrer à la maison, Petit Lapin pousse le landau avec les triplés.
C'est dur mais il ne veut pas qu'on l'aide.

Petit Lapin montre les nouveaux-nés
à tout le monde.
« Je suis leur grand frère », dit-il.

À la maison, Maman le laisse porter les bébés.

Petit Lapin leur donne de gros bisous.

Il souffle doucement sur leurs oreilles
pour faire des chatouillis.

Les bébés se mettent à pleurer.

Petit Lapin voudrait que les bébés dorment dans son lit, mais Maman
trouve qu'ils seront mieux dans leur berceau et Papa est d'accord avec elle :
«Ce sont des nouveaux-nés, dit-il, ils doivent beaucoup dormir.»

Petit Lapin aimerait bien que les bébés s'amusent avec Billy Cheval.
« Non, Petit Lapin, dit Papa, ils sont bien trop petits. Laisse-les dormir. »

Le lendemain matin, Petit Lapin se réveille très tôt pour jouer avec les bébés mais ils dorment encore. Alors, Petit Lapin a une idée : il va leur préparer leur petit-déjeuner. Maman sera contente !

Petit Lapin sort les nouveaux-nés du berceau.
Que va-t-il leur donner à manger ?

Il essaie les carottes : tous les lapins aiment les carottes, n'est-ce pas ?
Eh bien non, ces bébés lapins-là jettent les carottes par terre !

«Oh ! Petit Lapin ! crie Maman, c'est quoi ce gâchis ?»
«C'est les bébés, dit Petit Lapin, ils ne savent pas manger proprement !»
Maman prend les bébés dans ses bras pour les rendormir.

Petit Lapin n'est pas content. Il sort de la maison.
«Viens m'aider», propose Bonne-Maman.

Mais Petit Lapin n'arrête pas de penser aux bébés.
Quand il se rend compte que Bonne-Maman s'est endormie
dans son fauteuil, il rentre tout doucement dans la maison.

«Fini le dodo ! Allez, réveillez-vous, bande de paresseux !

Je suis Petit Lapin, votre grand frère,
et je vais vous montrer des jeux super amusants.»

Mais ça ne marche pas comme Petit Lapin l'espérait.
Les bébés ne savent pas jouer avec la fusée.

Ils ne savent pas attraper le ballon…

et ils font mal à Billy Cheval.

Petit Lapin se fâche. Les bébés se mettent à hurler.

Maman n'est pas contente du tout. Elle gronde Petit Lapin.
« C'est injuste, grogne Petit Lapin, Maman ne pense plus qu'à ses bébés ! »

Pourtant, les bébés ont l'air d'aimer leur grand frère.
Ils le suivent partout dans la maison.
« Allez-vous-en, crie Petit Lapin. Laissez-moi tranquille ! »

Quand Petit Lapin veut jouer tranquillement avec son ballon,
les bébés sont de nouveau là. Ils veulent attraper Billy Cheval.
Ils veulent prendre la fusée. Ils mettent leurs sales petites pattes partout !

«Ne touchez pas à mes affaires !» crie Petit Lapin.

Il n'y a même plus moyen de regarder son émission préférée à la télévision.
«Allez-vous-en !» hurle Petit Lapin.
Papa lui dit d'arrêter de crier sur les bébés.

«Maman et Papa ne m'aiment plus !
Ils ne pensent plus qu'aux bébés ! »
sanglote Petit Lapin.

Et il court se cacher sous son lit.
Lorsque les bébés se mettent à pleurer,
il se bouche les oreilles.

Bonne-Maman essaie de les endormir mais ils pleurent encore plus fort.

Papa et Maman essaient eux aussi mais sans succès.

Pauvre Maman, pauvre Papa, ils sont si fatigués !

Petit Lapin a une idée.

Il va chercher Billy Cheval, sa fusée et son ballon.
Les bébés arrêtent aussitôt de pleurer.
Petit Lapin les laisse jouer avec la fusée…

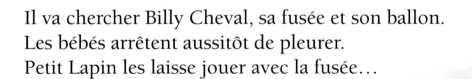

il les laisse jouer avec Billy Cheval,
et tant pis si leurs pattes sont dégoûtantes,

et il les laisse jouer avec son ballon.

Ensuite, quand les bébés lapins ont sommeil,
il les berce jusqu'à ce qu'ils s'endorment.

«Bonne nuit, faites de beaux rêves», chuchote Petit Lapin.

Maman est vraiment contente. Elle donne un gros bisou à Petit Lapin.
«Merci de ton aide, Petit Lapin, tu es un grand frère formidable!»

Depuis, Petit Lapin et les trois bébés lapins ne se quittent plus.